Corinna Franke

Schlaf

Corinna Franke

Schlaf

(mit Bildern („Äonen") der Autorin)

©2021 Corinna Franke
Herstellung und Verlag:
BoD – Books on Demand, Norderstedt
ISBN: 978-3-7543-1182-0

Traum (ca. Dez)

Ich träume, dass mein Superheld kommen soll, aber er kommt nicht.

Im Wachzustand sage ich zu Theo:

Du warst bzw. bist mein Superheld? Wo warst Du denn?

T: Da war ich wohl in einem anderen Traum.

Ich rede im Schlaf:

Die Andenkengutscheine sind alle rot.
Und die Steine, alle rot – und grün und
braun und rot!!!

(Dez)

Ich rede im Schlaf:

Gleich macht's bimmelim und dann kommt
Dein Opernglas.

Der Weg der schwarzen Ampeln!

(Dez)

Ich im Schlaf:

Das sind gleich die Glasscherben ...
Hallo Theo?
Also, das sind gleich die Scherben,
die nachgezeichneten ...

(Schnarch)

(Ende Dez)

<u>(Ca. Dez) im Schlaf geredet:</u>

Ich hab den Level C geschafft, der Pöpel
Pobaus (???)

Das heißt, dass der das Corona-Zeugs …

Theo erzählt mir, dass ich im Traum das
Bein gehoben hab und bis 13 gezählt habe.

Er hat gefragt: Warum nicht 14?

(ca. 04.01.)

Ich im Schlaf:

Das ist die schl-Form von schl.

(ca. 10.01.)

Ich rede im Schlaf: Da hängt ein Theo an der Wand.

Theo: Wieso hängt da ein Theo an der Wand?

Ich: Da hängt immer ein Theo an der Wand.

(15./16.01.)

<u>1/4 Stunde später</u>

Ich zu Theo (immer noch im Schlaf): Kannst
Du mir das mal ausdrucken? In Din A 2
oder Din A 3?

T: Das geht nicht.

Ich: Doch. Mit 0,72 Rand.

T: Das sind nicht 0,72 sondern 2,5.

Ich: Doch, doch.

Ich (wach):

Theo, das hört sich sehr männlich an, wenn Du Dir die Hände wäschst.

(16.01.)

Ich (wach):

Theo, ich habe mir immer einen Freund
gewünscht, der wie mein Kaninchen ist.
So einen hab ich jetzt, Du, viele Haare,
auch im Gesicht (Bart) und ruhig.

(16.01.)

Ich im Schlaf:

Theo?

T: Ja?

Ich: Ich hab als Reservekanister Sodom und Gomorrha, das ist die „Wüstenklinik".
Die heißt so, die heißt so.

(16./17.01.)

Ich im Schlaf:

Die hat ein schönes Wohnzimmerfenster,
farblich ungewöhnlich.

(17./I18.01.)

(Ich hab gerade von Zweigen von
Tannenbäumen geträumt, an denen
Weihnachtstassen hängen.)

<u>Geträumt 21./22.01:</u>

Wir sind in einer Art Malkurs und sollen
angefangene Arbeiten weiter malen.
Ich komme nicht dazu, weil die Zeit bald
vorbei ist; darf aber die schönen Pinsel
behalten.
T. hat die Wahl, ob er Pinsel will oder lieber
ein Klavier. Er entscheidet sich für das
Klavier und schleppt ein kleines rundes
Beistellschränkchen an.

Theos Schnarchen hört sich wie das
Schnurren eines Katers an.

(23.01.)

31.01./01.02.

Obwohl ich blödes Zeug geträumt habe,
sagt mein Freund morgens zu mir:

Du hast vorhin im Schlaf gegibbelt.

<u>Im Schlaf gesprochen 01./02.02.</u>

Ich: Boh, der ist aber lang.

T: Wer?

Ich: Der Tisch

08./09.02.

Geträumt, ich hätte überall auf der Haut
Pistazien.

12./13.02. geträumt

von Wurstscheiben im Kühlschrank, in den
die Pistazien fehlen und die schon schlecht
waren.

18./19.02.

T. hat seine Atemmaske dabei.
Nachts werde ich wach, weil diese fiept.
Ich bekomme Kopfschmerzen und ziehe
mit meinem Bettzeug um auf die Couch im
Wohnzimmer zu Lisa (meinem Kaninchen).

22./23.02.

Habe geträumt, ich hätte einen jungen
Mann kennengelernt, der ein Problem
damit hatte, berühmt zu sein.
Es war Sherlock Holmes.

25./26.02.

geträumt, ich hätte geschlafen und im Halbschlaf zwischendurch Freunde und Verwandte zu mir bestellt, - so mein Vater im Traum – da ich glaubte, ich würde sterben.

Nach dem Aufwachen <u>im</u> Traum stand auf einer Tafel schlecht weggewischt das Wort „Beerdigung".

<u>26./27.02.</u>

T. hat wieder seine Atemmaske dabei, ich
werde wieder vom Piepsen wach, ziehe um
ins Wohnzimmer.
Lisa sitzt im Käfig, ich nehme sie auf den
Arm und streichle sie eine Viertelstunde.
Danach schlafe ich selig ein.
Gegen morgen – ich muss auf Toilette –
höre ich kein Piepsen mehr aus dem
Schlafzimmer und ziehe wieder zurück.
Das Gerät macht jetzt Geräusche wie ein
Meeresrauschen.

Einige Zeit später macht das Gerät „plong,
plong".
Ich sitze auf dem Bett und rauche und
befürchte, dass ich nochmal umziehen
muss ins Wohnzimmer, da bewegt sich T.
und das „plong" hört auf.

Endlich Ruhe.

In **der** Nacht geträumt:

Ich habe meine Hausaufgaben gemacht,
fast streberhaft.
Wir sollten uns Dokus/Hörspiele im Radio
anhören und diese aufschreiben und
ausarbeiten und analysieren.

In der „Schule" hatte ich an die sieben,
acht davon fertig dabei.

Eins hieß „Shakespeare".
Es war ein Gebilde wie ein Gehirn, links
und rechts grün, in der Mitte beige.

Die linke Seite hieß „Teddy lieb", die rechte
Seite „Teddy verrückt", die ruhige Mitte
heißt „England".

Außerdem habe ich von einem Feuerkreis
am Himmel geträumt, der über mich
hinweg zog.

<u>28.02.</u>

Heute Nacht hat Theos Atemmaske
Geräusche von sich gegeben, das war
schon kein Meeresrauschen mehr, das war
schon ein Sturm oder Orkan, ein Heulen
wie bei einem Wind, der um eine zugige
Ecke – hui – weht.

<u>28.02.01.03.</u>

T.s Atemmaske hat heute Nacht wieder
leicht gepfiffen.
ich stelle mir einfach vor, es ist mein Lunge,
die pfeift – ich bin Raucherin – und schlafe
weiter.

01./02.03.

Wieder vom Projekt „Shakespeare"
geträumt.
Ich fühle mich in der Lage, die
durchnummerierten Zusammenhänge in
die richtige Reihenfolge zu bringen.

<u>Nachts 4.30 Uhr</u>   07.03.

Ich werden wach, weil ich auf Toilette
muss.
Ich rauche mir eine und höre ein seltsames
Geräusch.
T., der noch wach ist, öffnet das Fenster
und schaut raus.

„Ein (grün-leuchtender) Hubschrauber"
über der Autobahn. Blaulicht ist auf der
parallelen Hauptstraße auszumachen.

Ich bin hellwach.
Ich mache die Nachrichten an, aber es
kommt keine Meldung darüber.

<u>In der Nacht vom 07. auf den 08.03.</u>

T.s Atemmaske gibt wieder allerhand
Geräusche von sich:
ein Rauschen wie das Meer; ein leichter
Windzug auf meinem Arm wie eine leichte
Brise am Meer; ein leichtes Fiepen wie das
Kreischen von Möwen am Ufer.
All dies stelle ich mir vor und entspannt
schlafe ich wieder ein.

Ich träume, meine Kaninchendame hätte 9
Babys geworfen, teils schwarz wie sie, teils
weiß wie der Vater.
Damit die Kleinen nicht getötet werden,
verschenke ich sie auf dem Bürgersteig.

Schöner Traum.

Ich im Schlaf:

Theo?

T: Ja?

Ich: Ich hab grad geträumt, ich hab kleine grüne Männchen gesehen.

(Nacht vom 08./09.03.)

09./10.03.

geträumt:

Ich zupfe an einem Haar am Kinn, ziehe
daran, es wird zu einem dickeren Zweig,
immer länger, durch den Kopf ziehe ich es,
bis zu den Haarwurzeln, als es draußen ist,
erkenne ich eine Verzweigung, an der
grüne Trauben hängen.

11./12.03.   0.00 Uhr

Theo muss seine Tablette nehmen, schläft
aber schon.

Ich: Theo, Du musst Deine Tablette
nehmen.

T: Lang, long?

Ich: Ja, lang, long

(ich hab keine Ahnung, was er meint)

T. schnarcht weiter.

<u>Nacht vom 13./14.03.</u>

Im Halbschlaf meine ich T. Geschichten erzählen zu hören.

Als er früh morgens in Bett kommt und ich ganz wach bin, frage ich ihn, aber er verneint, er sei ja sowie so nicht der größte Redner.

<u>Am Morgen/Mittag des 16.03.</u>

ich habe geträumt, ich müsste kellnern und
mein Job beginne abends um 7 Uhr, ich
würde aber mit den Vorbereitungen,
waschen, umziehen, usw. nicht fertig;
und dann klingelte immer noch der
Wecker, bis ich aufwachte und T.s Wecker
hörte, den ich in meinen Traum eingebaut
hatte.

Traum 17./18.03.

Ich bin beim Zahnarzt.
Ich habe ein Loch links unten im
Backenzahn.
Die Sprechstundenhilfe gibt mir eine
Betäubungsspritze rechts oben in den Kopf.

(Und dann bin ich aufgewacht)

19./20.03.

Heute Nacht hat T. unter seiner Maske
auch noch geschnarcht.

<u>Nacht vom 21./22.03.</u>

T. schimpft mit mir, weil ich so laut
schnarche.
Ich hab langsam genug vom
„Meeresrauschen". Ich krieg
Kopfschmerzen.

<u>23.03.</u>   morgens

In meinem Traum hat das Telefon
geklingelt.

Davon bin ich aufgewacht.

<u>24.03.</u>

morgens geträumt, T. hat so mit seinem
Finger in seinem Ohr gepult, dass es blutet.

24./25.03.

T.S Atemmaske gibt Nebelhorn-artige
Geräusche von sich.

Ich sitze auf dem Bett und rauche.

26.03.

<u>Halbschlaf-Bild</u> vor Augen:

Die Zimmerdecke
reißt ein, Krüge
und Vasen
und andere Gefäße
fallen herunter.

27.03.

Mittagsschläfchen:

In meinem Traum bellt ein Hund, davon
werde ich wach.

Ein Sturm donnert ans Fenster, ich werde
wieder wach.

Ein Auto-Corso vor unserem Haus, aus
einem Lautsprecher dröhnt Musik, ich
werde zum 3. Mal wach

und stehe auf.

<u>Traum 19./20.04.</u>

T. macht Lisas (meines Kaninchens) Stall
sauber.
Das ganze Zimmer ist voll Sägespäne und
kleinen Holzklötzen.
Er macht es sehr gründlich.
Lisa springt fröhlich durch das Streu,
wie durch Neuschnee.